1908 - Mai 22

VENTE

Vendredi 22 & Samedi 23 Mai 1908
HOTEL DROUOT, SALLES 9 & 10
A 2 HEURES

Collection de Monseigneur CHARMETANT

TABLEAUX

ANCIENS et MODERNES

Des XIVe, XVe, XVIe, XVIIe, XVIIIe et XIXe Siècles

Dessins, Pastels, Gouaches, Aquarelles, Miniatures

M. E. ORIGET,
3, Boulevard Sébastopol

M. SORTAIS, 11, rue Scribe;
M. R. DUPLAN, 6, rue Rossini

IMPRIMERIE MAULDE & RENOU

MAULDE, DOUMENC & Cie

IMPRIMEURS DE LA COMPAGNIE DES COMMISSAIRES-PRISEURS

Rue de Rivoli, 144 — Paris

CATALOGUE

DES

TABLEAUX

ANCIENS

Des XIVᵉ, XVᵉ, XVIᵉ, XVIIᵉ, XVIIIᵉ et XIXᵉ Siècles

DES ÉCOLES

Allemande, Anglaise, Espagnole, Flamande, Française, Hollandaise Italienne, Russe

ŒUVRES IMPORTANTES DES PRIMITIFS

DESSINS, PASTELS, GOUACHES, AQUARELLES, MINIATURES

TABLEAUX MODERNES

OBJETS D'ART

Du Moyen-Age et de la Renaissance

Composant la Collection de Monseigneur CHARMETANT

et dont la Vente aux Enchères publiques aura lieu

HOTEL DROUOT — SALLES N°s 9 ET 10

Les Vendredi 22 et Samedi 23 Mai 1908, à 2 heures

PAR LE MINISTÈRE DE

Mᵉ ORIGET, Commissaire-Priseur

3, Boulevard Sébastopol, 3

ASSISTÉ DE

Pour les Tableaux :	*Pour les Objets d'Art :*
M. G. SORTAIS	M. R. DUPLAN
Expert près le Tribunal Civil	Expert
11 — Rue Scribe — 11	6 — Rue Rossini — 6

EXPOSITIONS

PARTICULIÈRE : *Le Mercredi 20 Mai 1908, de 2 heures à 5 heures ;*

PUBLIQUE : *Le Jeudi 21 Mai 1908, de 2 heures à 5 heures 1/2*

PARIS — 1908

CONDITIONS DE LA VENTE

Les Acquéreurs paieront **comptant**, plus **dix pour cent** en sus des enchères.

Vu l'ancienneté de la plupart des Peintures, l'Exposition mettant le public à même de se rendre compte de leur état, aucune réclamation ne sera admise une fois l'adjudication prononcée.

MAULDE, DOUMENC et Cie, imprimeurs de la Cie des Commissaires-Priseurs,
rue de Rivoli, 144. 48057 — 1000

DÉSIGNATION

École Allemande

ÉCOLE ALLEMANDE

(Commencement du XVe siècle)

1 — *La Vierge et l'Enfant Jésus, entourés d'animaux et d'oiseaux.*

Dans le paysage et les nuages, il y a des épisodes où l'on voit l'Annonciation aux bergers. Dans le fond à gauche, une ville dont les constructions sont étagées au flanc d'une montagne.

Très curieux tableau.

Panneau. Haut. 0m66; Larg. 0m50

ÉCOLE ALLEMANDE

2 — *Portrait présumé de Jacques Casanova de Seingalt.*

Peinture sur cuivre. Haut. 0m40 ; Larg. 0m31.

ÉCOLE ALLEMANDE

(xve siècle)

3 — *Jésus sort du tombeau.*

Les gardes sont endormis au bord du tombeau ; mais voilà que Jésus se dresse, resplendissant de gloire, sur le bord de la pierre. Un manteau de pourpre flotte derrière ses épaules : de la main gauche il tient une croix, à laquelle est suspendu un philatère blanc marqué de la Croix rouge. Il lève sa main droite en un geste de bénédiction sur deux de ces gardes, revêtus de l'armure, qui viennent de s'éveiller et qui, touchés par la grâce, lèvent vers lui des regards pleins de foi. Derrière la tête du Christ s'arrondit une auréole à chrisme. Au fond, au dessus d'un paysage printanier, il y a un décor d'or engravé.

Panneau. Haut. 1m72 ; Larg. 0m88

ÉCOLE ALLEMANDE

5 — *La Vierge et le Christ mort.*

La Vierge presse contre son cœur angoissé le corps du Christ mort. Derrière elle on aperçoit un paysage, et le calvaire au sommet duquel se dressent les trois gibets.

Panneau de forme pentagonale. Haut. 0m74; Larg. 0m48.

ÉCOLE ALLEMANDE

(Fin du XVe siècle)

6 — *Descente de Croix.*

Le corps du Crucifié vient d'être descendu de la Croix et un apôtre, placé à droite, le soutient. La Vierge, agenouillée à gauche, le visage abîmé d'angoisse, l'entoure de ses bras pleins de tendresse. Derrière la Vierge, Saint Jean se tient debout, désolé : le corps du Christ assis s'appuie au pied de la Croix, contre laquelle une échelle est dressée.

Panneau. Haut. 0m88 ; Larg 0m65.

ÉCOLE ALLEMANDE

(XVe siècle)

7 — *L'Adoration des Rois Mages.*

Dans la grange, la Vierge, à gauche, est agenouillée devant le nouveau-né, nu sur des coussins et entouré d'un rayonnement lumineux. A droite, guidés par des Anges, les Rois Mages sont en adoration. Au fond, dans une baie, une théorie d'anges apparaît en prières. Au fond, du même côté, dans une autre baie qui s'ouvre au dessus des Rois Mages, des figures curieuses apparaissent et plus loin, c'est une ville dont les constructions s'étagent au flanc d'une montagne. A gauche, dans l'ombre, on aperçoit l'âne et le bœuf.

Panneau. Haut. 0^{m}87 ; Larg. 0^{m}90.

ÉCOLE DE COLOGNE

(XVIe siècle)

8 — *Descente de Croix.*

On est en train de descendre le Christ qui vient d'être détaché de la Croix. Un homme à barbe blanche soutient le torse, tandis qu'une femme porte les jambes. Derrière cette femme un vieillard apporte les baumes pour panser les plaies. Et près de lui, en un geste de douleur, Marie-Madeleine tord ses bras crispés, les mains jointes. A droite, la Vierge épuisée s'écroule sur le sol soutenue par une compagne et par Saint Jean. Plus loin, une sainte femme se lamente et éponge ses larmes du voile de sa guimpe. Au fond, on aperçoit une ville fortifiée dans un paysage qu'illumine un ciel ensoleillé.

Panneau. Haut. $0^{m}74$; Larg. $1^{m}05$.

École Anglaise

BONINGTON

(RICHARD PARKES)

(1801-1828)

9 — *Peinture pour une illustration de Walter Scott.*

Signé à droite vers le bas R. P. B. 1822.

Toile. Haut. 0m26 ; Larg. 0m19.

BONINGTON (École de)

10 — *Le Pardon.*

Toile. Haut. 0m18 ; Larg. 0m15.

ÉCOLE ANGLAISE

11 — *Un coup de vent près de la côte.*

Panneau. Haut. 0m18 ; Larg. 0m19 1/2.

ÉCOLE ANGLAISE

12 — *Portrait de femme.*

Toile. Haut. 0m28 ; Larg. 0m23.

École Espagnole

JOANNÈS

(JUAN DE)

(1523-1573)

13 — *Le Christ au Temple est représenté dans l'attitude de la prédication.*

Bois. Haut. $1^{m}10$; Larg. $0^{m}33$.

ÉCOLE ESPAGNOLE

(XVIe siècle)

14 — *La Vierge de la Concorde.*

Elle est assise, coiffée d'un diadème de pierreries et portant l'Enfant Jésus sur ses genoux. Au dessus d'elle, au milieu d'une théorie d'anges qui chantent sa gloire, plane une colombe blanche.

Peinture cintrée exécutée sur une porte de tabernacle.

Haut. $0^{m}94$; Larg. $0^{m}49$.

ÉCOLE ESPAGNOLE

(XVIIe siècle)

15 — *Saint Antoine de Padoue et l'Enfant Jésus portant un globe surmonté d'une croix.*

Toile. Haut. 0m46 ; Larg. 0m38.

ÉCOLE ESPAGNOLE

(XVIe SIÈCLE)

16 — *Le Pape Pie V.*

Il est assis sur son trône pontifical, tenant sur ses genoux l'ostensoir et ayant devant lui des cardinaux agenouillés en prière. Derrière lui des anges portent la tiare et la croix pontificale.

Panneau. Haut. 0m36 ; Larg. 0m25.

ÉCOLE ESPAGNOLE

17 — *Sainte Famille.*

Toile. Haut. 0m61 ; Larg. 0m47.

ÉCOLE ESPAGNOLE

18 — *Saint Dominique.*

Peinture sur cuivre. Haut. 0m29 ; Larg. 0m22.

ÉCOLE ESPAGNOLE

19 — *Le Christ au roseau.*

Peinture sur cuivre. Haut. 0m22; Larg. 0m18.

ÉCOLE ESPAGNOLE

20 — *Après la descente de Croix ; le dernier baiser de la Vierge.*

Panneau. Haut. 0m65 ; Larg. 0m48.

ÉCOLE ESPAGNOLE

21 — *Saint François d'Assise.*

Il est agenouillé en adoration devant un crucifix, la main gauche appuyée sur une tête de mort, la main droite marquée d'un stigmate et rapportée près du cœur.

Devant lui, sur un coussin, un livre de prières est ouvert. Au fond un paysage.

Toile. Haut. 1m15; Larg. 0m88.

Écoles Flamande et Hollandaise

ABRAHAM BLOEMAERT

(GORCUM 1565-1658)

22 — *La Résurrection.*

Grisaille : préparation pour une gravure.

Panneau. Haut. 0m40 ; Larg. 0m27.

Cadre bois sculpté.

BOTH

(Genre de JEAN)

23 — *Cavaliers.*

Panneau. Haut. 0m15 ; Larg. 0m18

COXCIE

(Attribué à Michel de)

24 — *L'Adoration des Rois Mages.*

Dans un paysage aux constructions disséminées, la Vierge assise porte l'Enfant Jésus sur ses genoux tandis qu'aux genoux du Messie un Roi Mage offre l'encens dans un calice d'or. Les deux autres Rois s'apprêtent à offrir leurs présents. Au fond, à gauche, derrière une colonne, Saint Joseph désigne à Balthazar le Messie. A droite, deux hommes d'armes vont s'éloigner, l'un portant un drapeau.

Panneau. Haut. 0m85 ; Larg. 0m67

COXCIE

(Attribué à Michel de)

25 — *Jésus et la femme adultère.*

Tandis que des hommes d'armes conduisent la femme coupable que l'on va demander aux juges de condamner, Jésus incliné et désignant du doigt les pierres placées devant lui, prononce les paroles rapportées par l'Evangile : « Que celui de nous qui n'a pas péché lui jette la première pierre. »

Panneau dont la forme supérieure est plurilobée.

Panneau. Haut. 0m97 ; Larg. 0m68.

Phototypie Berthaud

COXCIE

(École de MICHEL DE)

26 — *L'adoration des Rois Mages.*

Cadre bois sculpté.

Peinture sur cuivre. Haut. $0^{m}26$; Larg. $0^{m}20$.

CRAESBECK (École de)

27 — *Les joyeux buveurs à la porte d'une auberge.*

Panneau. Haut. $0^{m}57$; Larg. $0^{m}82$.

DESCAMPS (G. D. J.)

28 — *Paysage, effet de lune.*

Signé à droite en bas.

Toile. Haut. $0^{m}31$; Larg. $0^{m}39$.

DESCAMPS (G. D. J.)

29 — *Vache paissant au bord d'une rivière.*

Signé à droite en bas : Descamps 1823.

Toile. Haut. $0^{m}32$; Larg. $0^{m}39$.

DESCAMPS (Attribué à)

30 — *Le Pont.*

Toile. Haut. 0m31 ; Larg. 0m40.

VAN DYCK (Ecole de)

31 — *Madeleine en Prières.*

Elle est agenouillée devant son livre de prières, appuyé sur une tête de mort.

Elle presse contre elle un crucifix attaché sur des branches de lis. Sur son front sa coiffe est retenue par une couronne d'épines; ses deux mains sont marquées de stigmates.

Panneau de forme cintrée. Haut. 0m55 ; Larg. 0m30

VAN DYCK (D'après)

32 — *Descente de Croix.*

Copie ancienne. Peinture sur cuivre.

Haut. 0m21 1/2 ; Larg. 0m16.

FRANCK (École de)

33 — *Jésus veillé par les Anges.*

Panneau. Haut. 0m29; Larg. 0m22.

PATENIER (École de)

(JOACHIM)

(XVIe siècle)

34 — *Triptyque.*

Dans le panneau du milieu, la Vierge est assise au milieu d'un paysage vallonné où sont construites les habitations d'une ville ; elle porte sur ses genoux l'Enfant Jésus, qui allonge le bras pour saisir des fruits placés sur une table voisine. Un chien est couché aux pieds de la Vierge.

Volet de droite : Saint Marc est en prières devant un crucifix ; près de lui on aperçoit une tête de lion.

Volet de gauche : Saint Jean l'Evangéliste est représenté debout, tenant un calice d'où s'échappe un dragon chassé par le signe de bénédiction du saint.

Les trois panneaux sont cintrés.

Panneau du milieu : Haut. : 0m43 ; Larg. 0m30.

Panneaux latéraux : Haut. 0m37 1/2 ; Larg. 0m12.

REMBRANDT VAN RYN (École de)

35 — *Descente de Croix.*

Des hommes, montés sur des échelles, sont occupés à détacher le Crucifié. A gauche, en bas, au premier plan, un homme en turban et en manteau vert assiste à ce dernier acte du drame.

Toile. Haut. 0m62 ; Larg. 0m75.

REMBRANDT (École de)

36 — *La Mise au Tombeau.*

Des hommes qui viennent de descendre le Christ le portent avec des précautions pieuses. Derrière le groupe, les Saintes Femmes se lamentent, tandis que Magdeleine étanche le sang qui souille les blessures des pieds à l'aide du voile dont s'harmonisait sa beauté. A droite, on aperçoit des hommes qui s'éloignent, portant des échelles.

Panneau. Haut. 0m92 ; Larg. 0m69.

REMBRANDT (École de)

37 — *Le Vieux Philosophe.*

Panneau. Haut. 0m27 ; Larg. 0m20.

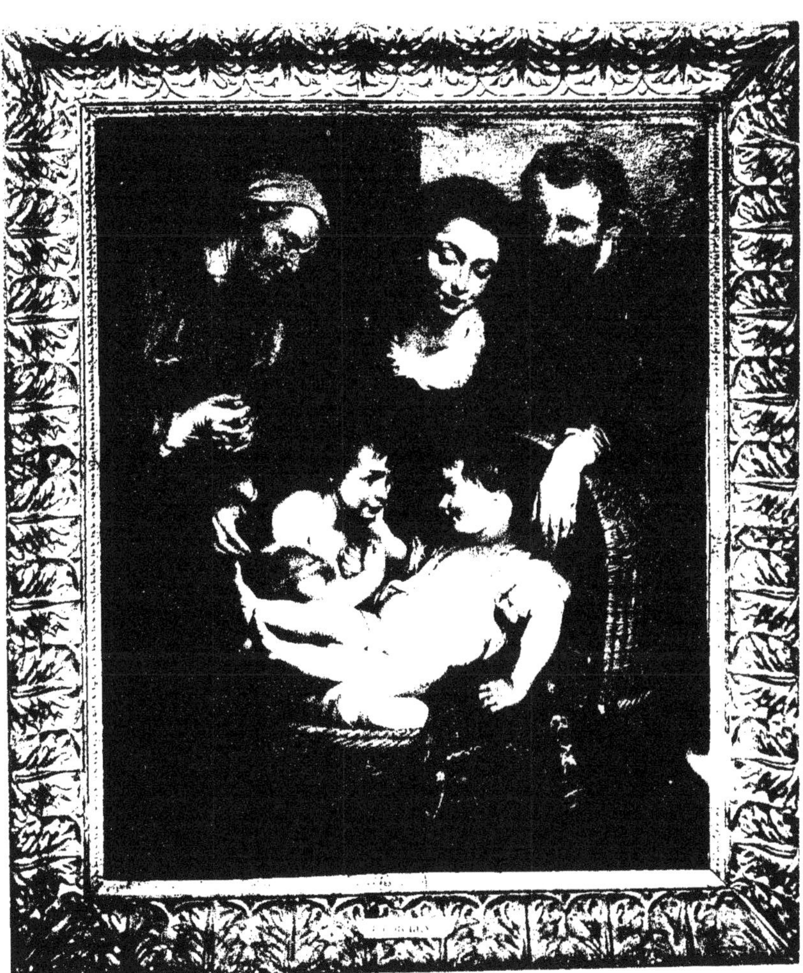

RUBENS (Atelier de)

(P.-P.)

38 — *Sainte Famille.*

La Vierge est assise derrière la bercelonnette de l'Enfant Jésus jouant avec un petit saint Jean qui se penche vers lui. Tous deux se sourient.

Derrière la Vierge, vêtue de rouge, Saint Joseph se penche et rit aux deux enfants, tandis qu'à gauche une femme âgée incline la tête et croise les mains dans une attitude de piété tendre.

Toile. Haut. 1^m20 ; Larg. 0^m98.

TENIERS (École de)

(DAVID)

39 — *Les Bavards à la porte de l'Auberge.*

Panneau. Haut. 0^m38 ; Larg. 0^m53.

Cadre ancien en bois sculpté.

VAN BRUSSEL, VAN ORLEY

(1479-1540)

40 — *L'Adoration des Rois Mages.*

La Vierge, assise à droite, dans le panneau du milieu, tient l'Enfant Jésus sur ses genoux, tandis que devant lui les rois mages en adoration lui offrent des présents.

Dans le volet de droite, Saint Joseph est debout.

Panneau du milieu, de forme cintrée :

Haut. 0m47 ; Larg. 0m38 1/2.

Volets latéraux :

Haut. 0m46 ; Larg. 0m36 1/2.

WAPPERS

(GUSTAVE)

(1803-1874)

41 — *Figure pour une Descente de Croix.*

A droite, en bas, le cachet de la vente Wappers.

Panneau. Haut. 0m43 ; Larg. 0m28.

40

ÉCOLE DE BRUGES

(xve siècle)

42 — *L'Annonciation.*

Diptyque. Panneau. Haut. 1^{m}25 ; Larg. 1^{m}25.

ÉCOLE FLAMANDE

(xviie siècle)

43 — *La Partie de Cartes.*

Toile. Haut. 0^{m}46 ; Larg. 0^{m}55.

ÉCOLE FLAMANDE

44 — *Le Jugement dernier.*

Peinture sur cuivre. Haut. 0^{m}86 1/2. Larg. 1^{m}08.

ÉCOLE FLAMANDE

(XVe siècle)

45 — *Jésus-Christ reçu au Ciel par Dieu le Père et les Anges.*

Dans le haut du rétable, les anges accueillent le Christ que reçoit Dieu le Père, coiffé de la tiare; plus bas, des groupes de femmes symbolisent la Miséricorde, la Vérité, la Justice et la Paix.

A gauche, dans le bas, une abbesse donatrice est agenouillée, suivie de deux religieuses. Sur le tapis de son prie-dieu sont marquées les armes : *d'or à la bande de sable, chargée de trois croissants renversés d'argent.*

Cette abbesse pourrait être de la famille Mestral de Chesnay.

A droite, en bas, au-dessus d'une inscription, on lit une date.

Au milieu, dans le bas de la composition, on lit en lettres gothiques une inscription latine.

Panneau de forme octogonale :

Grande haut. 1m40; petite haut. 0m92; larg. 1m67.

ÉCOLE FLAMANDE

(xve siècle)

46 — *Panneau de rétable : l'Élévation.*

Tandis que l'officiant consacre le vin, le Christ apparaît sur l'autel. Au-dessus de lui des anges suspendent des guirlandes de feuillage.

Panneau. Haut. 1m37 ; Larg. 0m49.

ÉCOLE FLAMANDE

47 — *La Flagellation.*

Peinture sur cuivre. Haut. 0m17 ; Larg. 0m13.

ÉCOLE FLAMANDE

48 — *La Vierge en visite chez Marthe.*

Panneau. Haut. 0m54 ; Larg. 0m39

ÉCOLE FLAMANDE

(xviie siècle)

49 — *Madeleine en prière.*

Panneau. Haut. 0m50 ; Larg. 0m46.

ÉCOLE FLAMANDE

(fin XVIe siècle)

50 — *L'Annonciation.*

Panneau. Haut. 0^{m}54 ; Larg. 0^{m}40

ÉCOLE HOLLANDAISE

51 — *Petit Triptyque représentant la Vierge, l'Enfant Jésus, Sainte Catherine, et Sainte Réparate.*

ÉCOLE HOLLANDAISE

52 — « *Ecce Homo* ».

Panneau. Haut. 0^{m}41 ; Larg. 0^{m}29

ÉCOLE HOLLANDAISE

53 — *Sainte Madeleine terrassant le démon par la seule force de sa foi.*

Panneau. Haut. 0^{m}21 ; Larg. 0^{m}17

ÉCOLE HOLLANDAISE

54 — *Le chirurgien du Village.*

Panneau. Haut. 0m37 ; Larg. 0m27.

ÉCOLE HOLLANDAISE

55 — *La chasse en plaine, l'hiver.*

Signée à droite au bas, datée 1650.

Panneau. Haut. 0m33 ; Larg. 0m43.

ÉCOLE HOLLANDAISE

56 — *Madeleine lavant les pieds à Jésus.*

Peinture sur cuivre. Haut. 0m34 ; Larg. 0m28.

ÉCOLE HOLLANDAISE

(XVIIe siècle)

57 — *La Vierge et l'Enfant Jésus dans la crèche, avec des anges chantant le « Gloria in excelsis ».*

Panneau. Haut. 0m36 ; Larg. 0m25.

École Française

BERTRAND

58 — *La rencontre au fond du bois.*

Signé à droite en bas : Bertrand.

Toile. Haut. 0m40 ; Larg. 0m26.

BOUCHER (Genre de) (François)

59 — *Portrait de Jeune femme.*

Pastel de forme ovale.

Haut. 0m45 ; Larg. 0m36.

BONVOISIN

60 — *Antiochus et Stratonice.*

Esquisse du concours pour le grand Prix de Rome en 1774 : David obtient le premier Grand prix, Bonvoisin, le second.

CHAMPAIGNE

(PH.)

61 — *Portrait de Turenne.*

On lit en haut à droite 1646. Il y a, à droite également, vers le milieu, une signature : Phi-Champaigne fect.

Toile. Haut. 0m70 : Larg. 0m46.

CHARDIN (École de)

62 — *Portrait de Femme.*

Elle est vue presque de face jusqu'à mi-corps, les mains croisées, portant un livre de prières, les bras appuyés contre un balcon. Elle est vêtue d'un costume gris clair et coiffée d'une capeline noire sur son bonnet blanc ruché. La figure est marquée par l'âge, mais les traits ont encore de la finesse et les regards de la vivacité.

Toile. Haut. 0m30 : Larg. 0m22.

DAVID (École de)

63 — *Eurydice et Orphée.*

Toile. Haut. 0m36 ; Larg. 0m45.

DIAZ (École de N.)

64 — *Nymphe couchée au fond d'un bois sacré.*

Panneau. Haut. 0m37 ; Larg. 0m53.

DIAZ (École de)

65 — *Dans la Clairière.*

Toile. Haut. 0m50 ; Larg. 0m37.

DIAZ (École de)

66 — *Nymphe assise dans la forêt.*

Panneau. Haut. 0m23 ; Larg. 0m17.

GAILLARD (C.-F.)

67 — *Esquisse d'un portrait de Léon XIII.*

GAILLARD (Claude-Ferdinand)

68 — *Saint Sébastien.*

Panneau. Haut. 0m26 ; Larg. 0m13.

HUET

(Attribué à PAUL)

69 — *Effet de soleil sous la forêt.*

Toile. Haut. 0m55 ; Larg. 0m92.

INGRES (J. A. D.)

(1780-1867)

70 — *Vierge en prière.*

Elle est vue la tête tournée de face, le corps drapé de bleu et vêtue de rouge, les mains jointes.

Signé à la hauteur du col : Ingres Px.
Ancienne collection du Plessis-Bellière.

Toile. Haut. 0m90 ; Larg. 0m66.

INGRES (École d')

71 — *Portrait d'Homme.*

Toile. Haut. 0m51 ; Larg. 0m41.

LEBRUN (École de)

(CH.)

72 — *Jésus et Madeleine.*

Gouache. Haut 0m25 ; Larg. 0m16.

70

Phototypie Berthaud, Paris

LEBRUN

(Attribué à CHARLES)

73 — *Le Baptême du Christ.*

Peinture sur cuivre de forme circulaire.

Haut. 0m33; Larg. 0m33.

MIGNARD

(PIERRE)

74 — *Portraits d'Anne d'Autriche, de Marie de Médicis et Louis XIV enfant.*

Dans un cercle illuminé par le haut d'un ciel rayonnant, les deux princesses sont représentées, l'une vêtue de bleu, l'autre vêtue de rouge et portant sur ses genoux l'enfant, le corps pris dans une chemise blanche.

Toile. Haut. 0m98. ; Larg. 0m98.

MONTICELLI (Attribué à)

75 — *Coucher de soleil.*

Toile. Haut. 0m18 ; Larg. 0m24 1/2.

OUDRY (École de)

(J.-B.)

76 — *Chien de chasse levant un faisan.*

Toile. Haut. 0m70 ; Larg. 0m82.

PÉCRUS

(CH.-FRANÇOIS)

77 — *Le bassin du port.*

Panneau signé à gauche en bas Pécrus. Haut. 0m27 ; Larg. 0m35.

POUSSIN (d'après NICOLAS)

78 — *Joseph vendu par ses frères.*

Aquarelle. Haut. 0m42 ; Larg. 0m63.

(Étude pour une tapisserie)

ROSALBIN

79 — *L'Escarpolette.*

Toile. Haut. 0m24 ; Larg. 0m19.

SCHEFFER (ARY)

80 — *Saint François d'Assise.*

(D'après le Guide)

Grisaille pour une gravure, signée à gauche en bas : Ary Scheffer 1830.

Toile. Haut. 0m24 ; Larg. 0m19.

VERNET

(Attribué à HORACE)

81 — *Archer à cheval.*

Peinture sur cuivre. Haut. 0m30 ; Larg. 0m21.

WILD

(WILLIAM)

82 — *Le Pont.*

Signé à gauche en bas : Wild Napoli.

Toile. Haut. 0m43 ; Larg. 0m60.

WILD

(WILLIAM)

83 — *Le chemin dans la montagne, à Naples.*

Toile. Haut. 0^m43 ; Larg. 0^m60.

ÉCOLE DE BOURGOGNE

84 — *Deux volets de Triptyque.*

Saint François d'Assise et Saint Accurse.

Chaque panneau de forme cintrée mesure 0^m28 de haut ; 0^m44 de large.

ÉCOLE DE BOURGOGNE

(XVe siècle)

85 — *L'Annonciation aux Bergers.*

Tandis que les bergers faisaient paître leurs troupeaux, voici qu'un ange leur apparaît dans le ciel et leur annonce la venue du Messie. Au fond, plus loin que les champs, on aperçoit, au creux des vallées, deux villes fortifiées que dominent des collines.

Panneau. Haut. 1^m08 ; Larg. 0^m57.

ÉCOLE FRANÇAISE

(XIVe siècle) — Triptyque

86 — *Saint Didier martyrisé sur l'ordre de Brunehaut.*

Dans le panneau du milieu le Saint apparaît debout en dalmatique bleue à passementeries d'or : il tient une palme de la main gauche et un livre de la main droite. Derrière lui, des anges soulèvent une draperie. Le fond est engravé de losanges à fleurettes d'or

Chacun des panneaux latéraux est partagé en trois registres où sont racontés les épisodes de la vie du Martyr : la blessure faite à la tête à coups de pierres, la mort causée par la pendaison et les miracles accomplis autour de la tombe.

Panneau du milieu. Haut. 1^{m}55 ; Larg. 0^{m}58.
Chacun des registres latéraux. Haut. 0^{m}48 ; Larg. 0^{m}42.

Dans la partie haute, le cintre de chaque panneau est plurilobé.

ÉCOLE FRANÇAISE

(XVe siècle)

87 — *Hommes d'armes au camp.*

Panneau. Haut. 0^{m}42 ; Larg. 0^{m}36.

ÉCOLE FRANÇAISE
(xve siècle)

88 — *La Vierge et le Christ mort.*

Panneau. Haut. 0m60 ; Larg. 0m35.

ÉCOLE FRANÇAISE
(xvie siècle)

89 — *La Vierge et Saint Pierre. Diptyque, fragment d'un rétable.*

Haut. 0m57 ; Larg. 0m65.

ÉCOLE FRANÇAISE
(xvie siècle)

90 — *Éducation de Jésus.*

Sur un fond d'or engravé et marqué d'un décor symétrique de losanges dans lesquels s'inscrivent alternativement une couronne et une fleur de lys, la Vierge est assise de trois quarts à gauche et dans un livre qu'elle tient ouvert sur ses genoux fait déchiffrer les lettres par l'Enfant Jésus, debout devant elle et retenu par une Sainte. Derrière les têtes de la Vierge et de la Sainte se trouve une auréole rayonnante ; derrière la tête de Jésus une auréole à chrisme.

Panneau. Haut. 0m72 ; Larg. 0m54.

ÉCOLE FRANÇAISE

91 — *La Vierge allaitant l'Enfant Jésus.*

Toile. Haut. 0m39; Larg. 0m26 1/2.

ÉCOLE FRANÇAISE

92 — *Portrait d'une princesse.*

Toile. Haut. 0m42 ; Larg. 0m32.

ÉCOLE FRANÇAISE

(XVIIe siècle)

93 — *Madeleine en prière.*

Panneau de forme ovale. Haut. 0m23 ; Larg. 0m17.

Cadre bois sculpté.

ÉCOLE FRANÇAISE

(XVIIIe siècle)

94 — *Le Mariage mystique de Sainte Catherine.*

Toile. Haut. 0m46; Larg. 0m36.

ÉCOLE FRANÇAISE

(XIXe siècle)

95 — *Le chemin montant.*

Toile. Haut. 0m24 ; Larg. 0m31.

ÉCOLE FRANÇAISE

(XIXe siècle)

96 — *Le Baiser de paix (Saint Dominique et Saint François d'Assise).*

Toile. Haut. 0m44 ; Larg. 0m44.

ÉCOLE FRANÇAISE

(XIXe siècle)

97 — *Jeune femme couchée.*

Toile. Haut. 0m27 ; Larg. 0m40.

ÉCOLE FRANÇAISE

98 — *Effet de neige.*

Toile. Haut. 0m46 ; Larg. 0m62.

ÉCOLE FRANÇAISE

99 — *Laveuses au bord de la rivière.*

Toile. Haut. 0m59 ; Larg. 0m82.

ÉCOLE FRANÇAISE

100 — *La Cascade. Source de la Loue près Ornans.*

Toile. Haut. 0m55 ; Larg. 0m46 1/2.

ÉCOLE FRANÇAISE

101 — *L'Annonciation.*

Panneau de forme trilobée fin du xve siècle.

Haut. 0m80 ; Larg. 0m50.

ÉCOLE FRANÇAISE

102 — *Méditation.*

Toile. Haut. 0m65 ; Larg. 0m54.

ÉCOLE FRANÇAISE

103 — *Saint Michel Archange, en armure de chevalier.*

Panneau. Haut. 0^m50 ; Larg. 0^m27.

ECOLE FRANÇAISE

104 — *Sainte Catherine.*

Panneau. Haut. 0^m51 ; Larg. 0^m28.

ÉCOLE FRANÇAISE

105 — *Vache au bord d'un étang.*

Toile. Haut. 0^m43 ; Larg. 0^m29.

ÉCOLE FRANÇAISE

106 — *Profil de Saint François d'Assise.*

Peinture sur carton. Haut. 0^m43 ; Larg. 0^m30.

ECOLE FRANÇAISE

107 — *Jésus est détaché de la croix.*

Panneau à arcades plurilobées. Haut. 0^m53. Larg. 0^m37.

ÉCOLE FRANÇAISE

108 — *Coucher de soleil sur la plaine.*

Panneau. Haut. 0m21 ; Larg. 0m28.

ÉCOLE FRANÇAISE

109 — *Blanche de Castille.*

Panneau. Haut. 0m38 ; Larg. 0m23.

ÉCOLE FRANÇAISE

110 — *Paysage.*

Toile. Haut. 0m32 ; Larg. 0m41.

ÉCOLE FRANÇAISE

111 — *Portrait de Napoléon Ier.*

Toile. Haut. 0m22 1/2. Larg. 0m17.

ÉCOLE FRANÇAISE

112 — *Portrait de Femme âgée.*

Panneau. Haut. 0m28 ; Larg. 0m24.

ÉCOLE MODERNE

113 — *Le Torrent.*

Panneau. Haut. 0m28 ; Larg. 0m35

ÉCOLE MODERNE

114 — *La Tempête.*

Panneau. Haut. 0m25 ; Larg. 0m36.

ÉCOLE MODERNE

115 — *Jésus guérissant les malades.*

Peinture sur carton. 0m29 ; Larg. 0m45.

Écoles Italiennes

ANDREA DEL SARTO (École de)

(ANGIOLO DEL)

116 — *Le Mariage mystique de Sainte Catherine.*

La Vierge tient sur ses genoux l'Enfant Jésus nu, qui d'un geste câlin retient la bague des fiançailles. A droite Sainte Catherine s'agenouille devant l'enfant tandis que la Vierge pose sa main sur son épaule.

Au bas l'instrument du supplice de la Sainte.

Panneau. Haut. $0^{m}94$; Larg. $0^{m}74$.

CANALETTO (Antoine)

117 — *Venise.*

A droite le long du quai des Esclavons, des gondoles sont amarrées. Puis voici le Palais des doges, la Piazzetta, la Libreria, etc... En avant de la Piazzetta des bateaux sont à l'ancre. Puis, de l'autre côté du canal à gauche on aperçoit la Dogana et l'église Santa-Maria della Salute. Dans le ciel bleu, des nuages blancs s'envolent, empruntant au soleil de belles lumières blondes : sur la Piazzetta des personnages se promènent.

Peinture de belle qualité et dans un parfait état de conservation.

Toile. Haut. 0m43 ; Long. 0m65

CARRACHE (École des)

118 — *La Vierge et l'Enfant Jésus.*

Toile. Haut. 0m31 ; Larg. 0m23.

CIMABUE (École de)

(JEAN)

119 — *Sainte Madeleine.*

Panneau. Haut. 0m19 ; Larg. 0m12.

CORRÈGE (d'après)

120 — *Tête de femme.*

Au dos du cadre on a mis la gravure de Watson.

GIOTTO (École de)

121 — *Le martyre de Saint Jean-Baptiste.*

Le Bourreau vient de trancher la tête du Précurseur et la dépose dans le plateau que porte Salomé. A droite, des figures qui furent les spectateurs du crime. Au fond, au-dessus d'une architecture, se trouve une loggia formant un registre supérieur et dans laquelle on voit Salomé présentant à Hérode et à Hérodiade assis à table avec quelques convives, la tête du Martyr.

Panneau. Haut. 0m78 ; Larg. 0m52.

MASACCIO (École de)

122 — *Sainte Élisabeth.*

Panneau. Haut. 0m33 ; Larg. 0m26.

LINARDO

123 — *La femme au sequin.*

Signé à droite en haut.

Toile. Haut. $0^{m}25$; Larg. $0^{m}19$.

SANZIO (École de RAPHAËL)

124 — *La Vierge et l'Enfant Jésus aux œillets.*

Panneau. Haut. $0^{m}31$; Larg. $0^{m}23$.

SASSO FERRATO (École de)

(XVIIe siècle)

125 — *Tête de Vierge.*

Peinture sur cuivre. Haut. $0^{m}39$; Larg. $0^{m}28$

VÉRONÈSE

(PAUL)

126 — *Les Noces de Cana.*

Panneau. Haut. $0^{m}20$; Larg. $0^{m}38$.

VINCI

(d'après LÉONARD DE)

127 — *La tête de Saint Jean-Baptiste.*

Dessin. Haut. 0 m 22 ; Larg. 0 m 16.

ÉCOLE DE FONTAINEBLEAU

128 — *Jésus et la Samaritaine.*

Panneau. Haut. 0 m 46 ; Larg. 0 m 52.

ÉCOLE FLORENTINE

129 — *La Vierge et l'Enfant Jésus.*

Panneau. Haut. 0 m 48 ; Larg. 0 m 43.

ECOLE MILANAISE

(Fin du XVIe siècle)

130 — *Buste de Jeune femme blonde.*

Toile de forme ovale. Haut. 0 m 55 ; Larg. 0 m 71.

ECOLE ROMAINE

131 — *La Vierge et l'Enfant Jésus.*

Elle est vue, jusqu'à mi-corps, portant l'Enfant Jésus nu. Le bord de sa chlamyde est brodé de lettres. Derrière sa tête, se trouve une auréole d'or, derrière la tête de Jésus, une auréole à chrisme.

Panneau de forme ovale. Haut. 0 m 56 ; Larg. 0 m 47.

ECOLE ROMAINE

132 — *Jésus enseignant les docteurs.*

Peinture sur cuivre. Haut. 0 m 16 1/2 ; Larg. 0 m 13.

ÉCOLE DE SIENNE

(XIVe siècle)

133 — *La Vierge, l'Enfant Jésus et Saint Mathieu.*

La Vierge est représentée de trois quarts à droite portant l'Enfant Jésus sur ses bras. A ses pieds, à droite, on aperçoit un évangéliste portant de la main gauche le livre des Paraboles. Derrière la Vierge se trouve une tenture bordée à sa partie supérieure d'une passementerie dont le décor est fait de lettres onciales d'une formation irrégulière.

Derrière les têtes se trouvent des auréoles d'or engravées.

Panneau de forme hexagonale.

Haut. médiane, 0m90 ; Haut. latérale, 0m54 ; Larg. 0m49.

ÉCOLE DE SIENNE

(XIVe siècle)

134 — *Saint Magnus, évêque d'Oderzo et Saint Antoine de Padoue.*

C'est un fragment de rétable. L'Évêque en dalmatique et le Moine sont vus de trois quarts à gauche, la tête se dessinant sur une auréole d'or engravée. Dans le registre inférieur se trouvent deux petits panneaux, l'un représente l'Annonciation, l'autre Saint Thomas touchant la plaie du Christ.

Panneau supérieur. Haut. 0 m 98 : Larg. 0 m 54.

Panneaux inférieurs. Haut. 0 m 23 ; Larg. 0 m 23.

ÉCOLE DE SIENNE

135 — *La Vierge et l'Enfant Jésus.*

Autour de la Vierge toute une série d'épisodes de la vie de Jésus.

Panneau, 0m 65 : Larg. 0 m 53.

ÉCOLE DE SIENNE

(XVe siècle)

136 — *Image du Christ.*

Peinture sur cuir marouflé sur bois. Haut. 0 m 36 ; Larg. 0 m 30

ÉCOLE DE SIENNE

137 — *La Vierge et l'Enfant Jésus, entourés d'Anges et des Évangélistes.*

Panneau de forme ogivale secondaire.

Haut. 0 m 74 ; Larg. 0 m 43.

ÉCOLE DE SIENNE

138 — *Mariage mystique de Sainte Catherine.*

Panneau de forme pentagonale. Haut. 0 m 76 ; Larg. 0 m 35.

ÉCOLE VÉNITIENNE

(XVIe siècle)

139 — *Saint Sébastien.*

Panneau. Haut. 1 m 25 ; Larg. 0 m 63.

ÉCOLE VÉNITIENNE

(XVIe siècle)

140 — *La Vierge, l'Enfant Jésus, Sainte Catherine et Saint Raymond Palmerio.*

Sainte Catherine présente à l'Enfant Jésus qui n'ose le prendre, un petit oiseau. L'Enfant se détourne avec un geste de peur naïve : il est assis sur les genoux de la Vierge qui le rassure de la main.

A gauche, Saint Raymond Palmerio tenant une palme. Au fond, un paysage.

Panneau. Haut. 0 m 78 ; Larg. 0 m 73.

ÉCOLE VÉNITIENNE

(XVIIIe siècle)

141 — *Paysage d'hiver au bord d'une rivière.*

Toile. Haut. 0m45 ; Larg. 0m62.

ÉCOLE VÉNITIENNE

142 — *Le denier de César.*

Autour de Jésus qui recommande de payer aux receveurs le denier de César, les gens sont réunis, têtes parfois grimaçantes, regards attentifs et étonnés, en des costumes d'une variété voulue.

Panneau. Haut. 0m73 ; Larg. 1m04.

ÉCOLE VÉNITIENNE

143 — *Portrait d'Homme.*

Vu jusqu'à mi-corps, de trois quarts à gauche, vêtu de noir.

Toile. Haut. 0m60 ; Larg. 0m48.

ECOLE DE VENISE

144 — *Le marchand de têtes.*

Peinture satirique.

Laboratoire imaginé où se transforment les vies intellectuelles en existences végétatives.

Peinture sur cuivre. Haut. 0m35 : Larg. 0m46 1/2.

ÉCOLE DE VÉRONE

(Commencement du XVIe siècle)

145 — *La descente de Croix.*

Le Christ vient d'être descendu de la Croix. Saint Jean soutient sa tête pantelante tandis que la Vierge porte son torse sur ses genoux et le contemple, son visage incliné et désolé, ses mains jointes. Madeleine soutient les jambes. Une sainte femme presse la main. Derrière eux, deux personnages debout tiennent encore les tenailles dont ils se sont servis pour détacher le Crucifié. Dans le ciel d'épaisses nuées s'envolent. Au fond on aperçoit des groupes d'hommes d'armes qui s'éloignent. Près de la main du Christ, la couronne d'épines gît à terre. A gauche, sur le sol également, une pierre en forme de stèle, porte un monogramme : EVo.

Panneau. Haut. 1m95 ; Larg. 1m 15.

Phototypie Berthaud

ÉCOLE ITALIENNE

(XVIe siècle)

146 — *Sainte Catherine d'Alexandrie.*

Sous un portique qui s'ouvre sur un fond de paysage, plusieurs personnages sont représentés.

Au milieu Sainte Catherine, à gauche Sainte Christine et Saint Jean l'Évangéliste, à droite Sainte Barbe et Saint Antoine.

Dans le haut, deux bambinos assis sur une corniche soulèvent un rideau.

Panneau. Haut. 2m40 ; Larg. 1m60

ÉCOLE ITALIENNE

(XVIe siècle)

147 — *Le Christ implorant la Vierge en faveur des morts.*

Panneau. Haut. 0m94 ; Larg. 0m78.

ÉCOLE ITALIENNE

(XVIe siècle)

148 — *Adoration des Rois Mages.*

Panneau. Haut. 0m53 ; Larg. 0m46.

ÉCOLE ITALIENNE

(XVIIIe siècle)

149 — *Le Sommeil de Jésus.*

Peinture sur panneau rond. Haut. 0m29 ; Larg. 0m29.

Cadre en bois sculpté.

ÉCOLE ITALIENNE

(XVIIe siècle)

150 — *Tête de Christ.*

Panneau. Haut. 0m20 ; Larg. 0m16.

ECOLE ITALIENNE

(XVIIe siècle)

151 — *La Résurrection.*

Peinture sur cuivre. Haut. 0m34 ; Larg. 0m26.

ECOLE ITALIENNE

(XVIIe siècle)

152 — *L'Étude.*

Dans une chambre demi-obscure, un vieillard coiffé d'une marmotte blanche et vêtu d'une robe d'intérieur doublée de fourrure, est assis de profil à gauche et lit avec attention un livre manuscrit ouvert devant lui et dont il retient les feuillets de la main gauche. Une lumière vive vient dorer le livre, la main et le profil de l'homme.

Toile. Haut. 0m73 ; Larg. 0m58.

ÉCOLE ITALIENNE

(XVIIe siècle)

153 — *La Forge de l'Amour.*

Dans une forge, toute une série d'Amours nus en train de forger des arcs et des flèches dont ils aiguisent la pointe.

Toile. Haut. 0m61 ; Larg. 0m78.

ÉCOLE ITALIENNE

(XVIe siècle)

154 — *La Vierge, l'Enfant Jésus et Saint Jean.*

La Vierge assise tient l'Enfant Jésus qui s'amuse avec Saint Jean à couronner un agneau.

Panneau. Haut. 0m57 ; Larg. 0m67.

ECOLE ITALIENNE

(xve siècle)

155 — *Deux saintes et deux apôtres ; rétable triptyque.*

Dans le panneau du milieu, deux saintes, Sainte Catherine et Sainte Martine. Dans le volet de gauche, Saint Pierre. Dans le volet de droite, Saint Paul, apôtre. Chacun des panneaux est cintré.

Panneau du milieu. Haut. 1^{m}13 ; Larg. 0^{m}55.

Panneaux latéraux. Haut. 1^{m}08 ; Larg. 0^{m}26.

ECOLE ITALIENNE

156 — *Portrait de Dom Sévérinus à l'âge de 30 ans.*

La Vierge, l'Enfant Jésus, Sainte Catherine, Saint Michel Archange et Dom Sévérinus à l'âge de 30 ans.

Toile. Haut. 0^{m}87 ; Larg. 0^{m}67

ÉCOLE ITALIENNE

(Commencement du XVIIe siècle)

157 — *Descente de croix.*

Le Christ vient d'être détaché de la croix. Un homme soutient son corps pantelant. A droite, Madeleine soulève le bras gauche et pleure. Derrière le groupe, on aperçoit en proie à une douleur recueillie la Vierge, Saint Jean et un patriarche en capuche rouge Au fond, un paysage.

Panneau. Haut. 0^{m}66 ; Larg. 0^{m}50.

ÉCOLE ITALIENNE

(XVIIe siècle)

158 — *Un saint.*

Panneau de forme ovale. Haut. 0^{m}57 1/2 ; Larg. 0^{m}51.

ÉCOLE ITALIENNE

159 — *La Vie de la Vierge.*

Dans un panneau, on a réuni quatre épisodes de la vie de la Vierge qui proviennent d'un bandeau inférieur de rétable.

Chaque panneau mesure. Haut. 0^{m}35 ; Larg. 0^{m}32.

ÉCOLE ITALIENNE

160 — ***Le Mariage mystique de Sainte Catherine.***

Peinture sur ardoise. Haut. 0^m70 ; Larg. 0^m55.

L'ardoise a subi plusieurs cassures.

ÉCOLE ITALIENNE

161 — *La Vierge, l'Enfant Jésus, Saint Jean, Saint François d'Assise et Sainte Thérèse.*

Panneau. Haut. 0^m35 ; Larg. 0^m45.

ÉCOLE ITALIENNE

162 — *Saint Antoine de Padoue.*

Peinture sur cuivre. Haut. 0^m22 ; Larg. 0^m17.

ÉCOLE ITALIENNE

163 — *L'Enfant Jésus.*

Peinture sur cuivre. Haut. 0^m21 ; Larg. 0^m16.

ÉCOLE ITALIENNE

164 — *Saint Jean-Baptiste méditant.*

Panneau. Haut. 0m19; Larg. 0m12.

ÉCOLE ITALIENNE

165 — *Un Évêque.*

Panneau. Haut. 0m16; Larg. 0m10.

ÉCOLE ITALIENNE

166 — *Portrait de César Borgia.*

Panneau. Haut. 0m28; Larg. 0m18.

ÉCOLE ITALIENNE

167 — *Jésus-Christ en manteau de pourpre.*

Toile de forme ovale marouflée sur panneau.

Haut. 0m40; Larg. 0m30.

ÉCOLE ITALIENNE

168 — *Elie appelant le feu du ciel.*

Toile marouflée sur panneau. Haut. 0m23 ; Larg. 0m15.

ÉCOLE ITALIENNE

169 — *La Vierge, l'Enfant Jésus, Saint Jean-Baptiste, Sainte Marie-Madeleine, Sainte Catherine et Saint François d'Assise.*

Panneau. Haut. 0m30 ; Larg. 0m24.

ÉCOLE ITALIENNE

170 — *La Vierge, l'Enfant Jésus et Saint Jean-Baptiste.*

Panneau. Haut. 0m38 ; Larg. 0m32.

ÉCOLE ITALIENNE

171 — *La Vierge et l'Enfant Jésus.*

Toile. Haut. 0 m 46 1/2 ; Larg. 0 m 35.

ÉCOLE ITALIENNE

172 — *L'Adoration des bergers.*

Peinture sur cuivre. Haut. 0 m 30 ; Larg. 0 m 21.

ÉCOLE ITALIENNE

173 — *Un Ange pour la salutation angélique.*

Panneau de forme cintrée. Haut. 0 m 43 ; Larg. 0 m 20.

ÉCOLE ITALIENNE

174 — *Portrait présumé de Paul Farnèse.*

Ancienne collection du marquis Charles de Valory.

Panneau. Haut. 0 m 34 ; Larg. 0 m 25.

ÉCOLE ITALIENNE

175 — *La Vierge, l'Enfant Jésus, Saint Jean-Baptiste, Sainte Marthe et Saint François d'Assise.*

Peinture sur cuivre datée en bas à gauche 1556.

Cadre en bois sculpté.

Haut. 0 m 35 ; Larg. 0 m 27.

ÉCOLE ITALIENNE

176 — *La Vierge et l'Enfant Jésus, entre Saint Sébastien et Saint François d'Assise.*

Panneau. Haut. 0 m 50 ; Larg. 0 m 41.

ÉCOLE ITALIENNE

177 — *Le Portrait de Dame Kat.*

A gauche, en bas, sur un parchemin, il y a des armoiries et derrière la figure dans le décor somptueux qui l'entoure, on voit 3 fleurs de lys d'or ; dans un écusson de velours noir, à droite en bas une inscription.

Cadre bois sculpté.

Toile. Haut. 0 m 55 ; Larg. 0 m 45.

ÉCOLE ITALIENNE

178 — *Épisodes de la Vie du Christ.*

Dans un même cadre (ancien en bois sculpté) 6 petites peintures sur cuivre représentant des épisodes de la vie du Christ : Jésus devant Pilate, Ecce Homo, la Couronne d'épines, la Flagellation, Descente de croix, la Résurrection.

Chaque panneau mesure : Haut. o m 17 ; Larg. o m 15.

ÉCOLE ITALIENNE

(Copie)

179 — *Madeleine en prière.*

Cadre en bois sculpté.

Toile. Haut. o m 59 ; Larg. o m 46.

ÉCOLE ITALIENNE

180 — *La Vierge, l'Enfant Jésus, Saint Jean, Saint François d'Assise et Sainte Catherine.*

Panneau. Haut. o m 61 ; Larg. o m 42.

ÉCOLE ITALIENNE

181 — *Deux volets d'un poliptyque représentant en 3 registres chacun les épisodes de l'Annonciation et de la Nativité.*

Chaque registre mesure : Haut. 0 m 48 ; Larg. 0 m 69.

Ecole Byzantine Orthodoxe

ÉCOLE BYZANTINE ORTHODOXE

(Monastères du Mont Athos)

(Fin du xve siècle)

182 — *Dieu le Père.*

Icône.

Panneau. Haut. 0 m 53 ; Larg. 0 m 38.

ÉCOLE BYZANTINE ORTHODOXE

(Monastères du Mont Athos)

(xvie siècle)

183 — *La Vierge et l'Enfant Jésus.*

Icône.

Panneau. Haut 0 m 62 ; Larg. 0 m 48.

ÉCOLE BYZANTINE ORTHODOXE

(Monastères du Mont Athos).

184 — *La Vierge et l'Enfant Jésus.*

Icône.

Panneau. Haut. 0 m 29 ; Larg. 0 m 21.

ÉCOLE BYZANTINE ORTHODOXE

(Monastères du Mont Athos).

(XVIe siècle)

185 — *La Vierge, Dieu et les Saints.*

Icône.

Panneau. Haut. 0 m 36 ; Larg. 0 m 31

ÉCOLE BYZANTINE ORTHODOXE

(Monastères du Mont Athos).

186 — *Saint Michel Archange, les Apôtres et des Saintes.*

Morceau d'icône.

Panneau. Haut. 0m34 ; Larg. 0m28.

PEINTURE BYZANTINE ORTHODOXE

(Monastères du Mont Athos).

187 — *Bénédiction de Saint Pantaléon au couvent du Mont Athos.*

Panneau. Haut. $0^{m}22$; Larg. $0^{m}18$.

Aquarelles, Pastels, Dessins, Gravures

BERGUES

188 — *Épisode de la vie de Saint François d'Assise.*

Aquarelle. Haut. 0m20 ; Larg. 0m14

BERGMAN

189 — *Jérusalem.*

Aquarelle signée à gauche en bas avec une dédicace au « Père Charmetant ».

Aquarelle. Haut. 0m12 ; Larg. 0m36.

CALAME

190 — *L'Auberge dans la montagne.*

Aquarelle signée à droite en bas A. Calame.

Haut. 1m10 ; Larg. 0m14.

DOMOL (H.)

191 — *Portrait de Van Dyck.*

Pastel signé à droite, vers le milieu : H. Domol 1876.

Pastel. Haut. 0m49 ; Larg. 0m38.

GAILLARD (C.-F.)

192 — *Portrait d'Homme.*

Dessin à la mine de plomb sur papier calque, signé à droite en bas du timbre de la vente.

Haut. 0m19 ; Larg. 0m12 1/2.

HOBBEMA & BERGHEIM (Attribué à)

(MEINDERT et NICOLAS)

193 — *Paysage de Hobbema, Figures de N. Bergheim 1659.*

Dessin à la sanguine.

Haut. 0m34 ; Larg. 0m48.

LE DOMINIQUIN (Domenico Zampieri dit)

194 — *Saint Paul.*

Aquarelle sur panneau. Haut. 0m11 1/2 ; Larg. 0m09

A. LELOIR

195 — *Le Connétable.*

Signé à gauche en bas A. Leloir.

Dessin à la sépia. Haut. 0m26 ; Larg. 0m19.

RUBENS (École de)

196 — *Lion dévorant un serpent.*

Dessin à la mine de plomb.

Haut. 0m13 ; Larg. 0m18.

RENOUT

197 — *Jésus-Christ dans un irradiment de lumière.*

Pastel signé à gauche en bas.

Haut. 0m42 ; Larg. 0m31.

SODOMA (d'après)

198 — *Jésus au Jardin des Oliviers.*

Dessin rehaussé de sanguine.

Haut. 0m28 ; Larg. 0m20.

THIBAULT

199 — *La Procession à l'intérieur de Notre-Dame.*

Dessin et lavis 1776.

Haut. 0m17 1/2 ; Larg. 0m11.

TROUILLEBERT

200 — *Bord de rivière.*

Aquarelle. Haut. 0m30 ; Larg. 0m46.

VELDE

(Attribué à Van de)

201 — *Le moulin à eau.*

Dessin à l'encre de chine. Haut. $0^{m}19$; Larg. $0^{m}28$.

VELDE et HOBBEMA

(A. VAN DE) (MEINDERT)

Le paysage serait de Hobbema et les figures de Van de Velde (1663).

Dessin à la sanguine. Haut. $0^{m}34$; Larg. $0^{m}48$.

VIBERT

(J.-G.)

202 — *Un vieux philosophe en Orient.*

Lavis d'encre de chine rehaussé d'aquarelle, signé à droite en bas J.-G. Vibert.

Haut. $0^{m}32$; Larg. $0^{m}23$.

VERNET

203 — *Portrait d'Homme.*

Dessin signé à droite en bas Vernet. (1825).

Haut. 0m61 ; Larg. 0m43.

LÉONARD DE VINCI (École de)

204 — *Une tête d'évangéliste.*

Dessin au crayon. Haut. 0m24 ; Larg. 0m18.

ÉCOLE FRANÇAISE

(Fin xve siècle)

205 — *Descente de Croix.*

Enluminure sur parchemin. Haut. 0m18 ; Larg. 0m14.

ÉCOLE FRANÇAISE

206 — *Portrait de femme.*

Miniature ronde. Diamètre 0m06.

ÉCOLE FRANÇAISE

207 — *Napoléon Ier.*

Aquarelle. Haut. 0m16 ; Larg. 0m12.

ÉCOLE FRANÇAISE

(XIXe siècle)

208 — *Étang au milieu du bois.*

Dessin. Haut. 0m30 ; Larg. 0m47.

ÉCOLE FRANÇAISE

209 — *Chienne à l'affût.*

Pastel. Haut. 0m30 ; Larg. 0m40.

ECOLE FRANÇAISE

210 — *La Vierge en prière.*

Dessin à la sanguine. Haut. 0m30 1/2 ; Larg. 0m23.

ÉCOLE ITALIENNE

211 — *L'Annonciation.*

Gouache. Haut. 0m18 1/2 ; Larg. 0m15.

ÉCOLE ITALIENNE

212 — *La rencontre de la Vierge et de Marthe.*

Enluminure du XVIe siècle. Haut. 0m19 ; Larg. 0m12.

ÉCOLE MODERNE

213 — *Hélène de Courtenay, princesse de Bauffremont (1747).*

Pastel octogone. Haut. 0m71 ; Larg. 0m69.

214 — *Madeleine regardant la couronne d'épines après l'ensevelissement.*

Peinture sur ivoire. Haut. 0m19 ; Larg. 0m14.

215 — *Dessin pour le portrait du pape.*

Dessin. Haut. 0m29 ; Larg. 0m20.

CALLOT

(JACQUES)

216 — *Le Mendiant.*

Eau forte.

MARAIS

217 — *L'Hermite.*

Gravure de Marais d'après la peinture de Greuze.

VISSCHER

(CORNEILLE DE)

218 — *L'Heureuse Mère.*

Gravure au burin de Clémendt de Jonghe.

OBJETS D'ART RELIGIEUX

du Moyen-Age et de la Renaissance

220 — Reliquaire en bronze ciselé et doré, en partie du XIIIe siècle, représentant un personnage couronné, tenant entre ses mains une pyxide et assis sur un trône formant reliquaire, orné d'émaux champlevés; — sur la porte du reliquaire une inscription indique que le personnage représenté est Saint Calminius, fondateur d'Abbaye.

221 — Groupe en argent gravé et repoussé dans le goût du XIVe siècle, représentant deux personnages dont l'un, debout, vêtu d'une robe sacerdotale, couronne l'autre agenouillé devant lui, les mains jointes, couvert d'un manteau royal.

222 — Groupe en argent ciselé et repoussé orné de pierres de couleurs enchassées, représentant la Vierge assise sur un siège gothique tenant sur ses genoux l'Enfant Jésus qui, de la main gauche, soutient le Globe du monde.

Travail allemand dans le goût du XVIe siècle.

223 — Christ en bronze. Italie XVIIe siècle.

224 — Groupe en bois sculpté; Pieta.

Phototypie Berthaud, Paris

225 — Groupe en bois peint et sculpté. Vierge et enfant.

226 — Ancienne statuette de saint en bronze doré.

227 — Statuette en bronze ciselé et doré représentant un personnage tenant une banderolle.

228 — Grand Christ ancien en ivoire.

Pièce remarquable par ses dimensions, son exécution et la précision de son anatomie.

Cadre en bois sculpté.

Dimensions Haut. 1 m »; Larg. 0 m 80,

229 — Ancien et curieux Christ en ivoire. Son mouvement a été commandé par la forme même de la défense d'ivoire, dans laquelle il est sculpté. L'exaspération de l'expression du supplicié et le relief du squelette et des muscles, ainsi que sa forme spéciale, font de cette œuvre, une pièce rare.

Cadre en bois sculpté.

Dimensions. Haut. 0 m 63 : Larg. 0 m 50.

230 — Croix processionnelle en bronze doré. Commencement du XVIIe siècle.

231 — Croix processionnelle en argent ciselé et gravé. Commencement du XVIIe siècle.

232 — Grand Bénitier en bronze supporté par trois figures adossées représentant des personnages allégoriques, portant des attributs divers; la vasque est soutenue par des cariatides à figures de femme; sur le bord extérieur, vestiges d'inscriptions.

Italie, XIVe siècle.

233 — Fragment de bas-relief en bronze représentant deux anges supportant un calice.

234 — Marteau de porte en bronze formé par deux figures de sirènes, reliées par un mascaron à tête d'ange et supportées par un groupement de dauphins.

XVIIe siècle.

235 — Petit Bénitier en bronze doré.

236 — Coffret en bois incrusté et revêtu de plaquettes en ivoire sculpté à figures d'anges et personnages religieux.

Italie, XVe siècle.

237 — Coffret à couvercle bombé en ivoire sculpté à petits compartiments, à figures d'amours et d'oiseaux.

Travail italien, XVIe siècle.

238 — Bas-relief en terre cuite représentant la Vierge et l'Enfant Jésus.

Travail italien XVIe siècle.

Encadrement en bois peint.

239 — Partie de Bas-relief en terre émaillée, représentant un saint tenant la palme du martyr.

Travail italien, xvie siècle; genre de Lucca della Robbia.

240 — Médaillon en terre émaillée blanche représentant la Vierge et l'Enfant Jésus.

Commencement du xviie siècle.

241 — Bas-relief en terre cuite représentant la Vierge et l'Enfant Jésus.

Travail de la Renaissance italienne.

242 — Petit Bas-relief en terre cuite représentant le buste du Christ couronné d'épines.

xve siècle.

243 — Statuette en terre cuite de Tanagra représentant une femme drapée, couverte d'une coiffure plate et tenant à la main un écran.

Haut. 0^{m}28.

244 — Petit groupe antique en terre cuite, « L'Éducation d'Achille ».

245 — Socle en terre cuite peinte et dorée, supporté par quatre animaux héraldiques sur terrassement.

Renaissance Italienne.

246 — Fragment en terre cuite représentant le Christ au tombeau.

247 — Fragment de bas-relief en terre cuite représentant la Vierge et l'Enfant.

248 — Mortier à cannelures en pierre avec frise sculptée à décor d'animaux.

[illegible]IIe siècle.

249 — Bas-relief en marbre représentant la Vierge et l'Enfant Jésus.

École Italienne.

250 — Fragment de bas-relief en albâtre. Christ à la colonne.

251 — Plat en ancien émail Italien décor à palmes sur fond bleu.

252 — Grand émail moderne représentant le Christ en croix entouré des Saintes Femmes et d'anges; fonds bleus à fleurs de lys et étoiles d'or.

253 — Ancien émail représentant un Saint revêtu du costume sacerdotal.

254 — Ancienne lampe de mosquée en verre émaillé et doré, caractères arabes et écussons dans le décor.

255 — Plateau rond en ancien verre de Venise offrant au centre deux écussons émaillés et la croix du Saint-Esprit; sur le pourtour, fleurs de lys, langues de feu et lettres H.

256 — Compotier à couvercle en ancien verre de Venise décor à pointillés d'émail bleu et rouge et rehauts d'or.

257 — Fragment de tapisserie copte.

www.ingramcontent.com/pod-product-compliance
Ingram Content Group UK Ltd.
Pitfield, Milton Keynes, MK11 3LW, UK
UKHW020329180726
13839UKWH00002B/612